清·蒲松齡著

聊齋志異

十五册

黃山書社

聊齋志異卷十五

淄川　蒲松齡　留仙　著

新城　王士正　貽上　評

念秧

異史氏曰人情鬼蜮所在皆然南北衝衢其害尤烈如强弓怒馬禦人於國門之外者夫人而知之矣或有劙囊刺橐攫貨於市行人回首財貨巳空此非鬼蜮之尤者耶乃又有萍水相逢甘言如醴其來也漸其入也深悞認傾蓋之交遂罹喪資之禍隨機設阱情狀不一俗以其言辭浸潤名曰念秧今北途多有之遭其害者尤衆余鄉王子巽者邑諸生有族先生在都爲旗籍太史將往探訊治裝北上出濟南行數里有一人跨黑衛馳與同行時以閒語相引王頗與問荅其人自言張姓爲棲霞隸被令公差赴都稱謂撝卑祗奉殷勤相從數十里約以同宿王在前則策蹇追及在後則止候道左僕疑之因厲色拒去不使相從張頗自慚揮鞭遂去旣暮休於旅舍偶步門前則見張就外舍飲方驚疑間張望見王垂手拱立謙若廝僕稍稍問訊王亦以汎汎遇相

值不爲疑然王僕終夜戒備之雞既唱張來呼與同行
僕咄絕之乃去朝暾已上王始就道行半日許前一人
跨白衛年四十已來衣帽整潔垂首蹇分盹寐欲墜或
先之或後之因循十餘里王怪問夜何作致迷頓乃爾
其人聞之猛然欠伸言我清苑人許姓臨淄令高繁是
我中表家兄設帳於官署我往探省少獲餽貽今夜旅
舍悞同念秧者宿驚惕不敢交睫遂致白晝迷悶王故
問念秧何說許曰君客時少未知險詐今有匪類以甘
言誘行旅夤緣與同休止因而乘機騙賺昨有葭莩親

以此喪資斧吾等皆宜警備王頷之先是臨淄宰與王
有舊王曾入其幕識其門客果有許姓遂不復疑因道
溫涼兼詢其兄況許約暮共主人王諾之僕終疑其僞
陰與主人謀遲留不進相失遂杳翼日日卓午又遇一
少年年可十六七騎健騾冠服秀整貌甚都同行久之
未嘗交一言日既西少年忽言曰前去屈律店不遠矣
王微應之少年因咨嗟欷歔如不自勝王畧致詰問少
年歎曰僕江南金姓三年膏火冀博一第不圖竟落孫
山家兄爲部中主政遂載細小來冀得排遣生平不習

跋涉撲面塵沙使人薅惱因取紅巾拭面歎咤不已聽其語操南音嬌婉若女子王心好之稍稍慰藉少年曰適先馳出眷口久望不來何僕輩亦無至者日已將暮柰何遲留瞻望行甚緩王遂先驅相去漸遠晚投旅邸旣入舍則壁下一牀先有客解裝其上王問主人卽有一人入攜之而出曰但請安置當卽移他所王視之則許也王止與同舍許遂止因與坐談少間又有攜裝入者見王許在舍返身遽出曰已有客在王審視則途中少年也王未言許急起曳留之少年遂坐許乃展問邦

族少年又以途中言爲許告俄頃解囊出貲堆累頗重秤兩餘付主人囑治殽酒以供夜話二人爭勸止之卒不聽俄而酒炙並陳筵間少年論文甚風雅王問江南闈中題少年悉告之且自誦其承破及篇中得意之句言已意甚不平共扼腕之少年又以家口相失夜無僕役患不解牧圉王因命僕代攝莝豆少年深感謝居無何忽蹴然曰生平蹇滯出門亦無好況昨夜逆旅與惡人居擲骰呌呼聒耳沸心使人不眠南音呼骰爲兜許不解固問之少年手摹其狀許乃笑於橐中出色一枚

曰是此物否少年諾許乃以色爲令相歡飲酒既闌許
請共擲赢一東道主王辭不解許乃與少年相對呼盧
又陰囑王曰君勿漏言蠻公子頗充裕年又雛未必深
解五木訣我赢些須明當奉屈耳二人乃入隔舍旋聞
轟賭甚鬧王潛窺之見棲霞隸亦在其中大疑展衾自
臥又移時衆共拉王賭王堅辭不解許願代辨梟雉王
又不肯遂强代王擲少間就榻報王曰汝赢幾籌矣王
睡夢應之忽數人排闥而入番語啁嗻首者言佟姓爲
旗下邏捉賭者時賭禁甚嚴各大惶恐佟大聲嚇王王

亦以太史旗號相抵佟怒解與王敘同籍笑請復博爲
戲衆各復博佟亦賭王謂許曰勝負我不預聞但願睡
無相溷許不聽仍往來報之既散局各計籌馬王負欠
頗多佟遂搜王裝橐取償王憤起相爭金捉王臂陰告
曰彼都匪人其情叵測我輩乃文字交無不相顧適局
中我赢得如干數可相抵此當取償許君者今請易之
便令許償佟君償我不過暫掩人耳目過此仍以相還
終不然以道義之友遂實取君償耶王故長厚亦遂信
之少年出以相易之謀告佟乃對衆發王裝物估入已

橐佟乃轉索許張而去少年遂襆被來與王連枕衾褥皆精美王亦招僕人臥榻上各默然安枕久之少年故作轉側以下體暱就僕僕移身避之少年又近就之膚着股際滑膩如脂僕心動試與狎而少年殷勤甚至衾息鳴動王頗聞之雖甚駭怪而終不疑其有他也昧爽少年卽起促與早行且云君蹇疲殆夜所寄物前途請相授耳王尚無言少年已加裝登騎王不得已從之騾行駛去漸遠王料其前途相待初不爲意因以夜間所聞問僕僕實告之王始驚曰今被念秧者騙矣焉有宦室名士而毛遂於圉僕者又轉念其談詞風雅非念秧者所能急追數十里蹤跡殊杳始悟張許佟皆其一黨一局不行又易一局務求其必入也償債易裝已伏一圖賴之機設其攜裝之計不行亦必執前說篡奪而去爲數十金委綴數百里恐僕發其事而以身交驩之其術亦苦矣後數年而有吳生之事

邑有吳生字安仁三十喪偶獨宿空齋有秀才來與談遂相知悅從一小奴名鬼頭亦與吳僮報兒善久而知其爲狐吳遠遊必與俱同室之中人不能睹吳客都中

將旋里聞王生遭念秧之禍因戒僮警備狐笑言勿須此行無不利至涿一人繫馬坐煙肆裘服齊楚見吳過亦起超乘從之漸與吳語自言山東黃姓提堂戶部將東歸且喜同途不孤寂於是吳止亦止每共食必代吳償直吳陽感而陰疑之私以問狐狐但言不妨吳疑乃釋及晚同尋寓所先有美少年坐其中黃入與拱手為禮喜問少年何時離都荅云昨日黃遂拉與共寓向吳曰此史郎我中表弟亦文士可佐君子談騷雅夜話當不寥落乃出金貲治具共飲少年風流蘊藉遂與吳大

相愛悅飲間輒目示吳作觴弊罰黃強使釂鼓掌作笑吳益悅之既而史與黃謀博賭共牽吳遂各出橐金為質狐囑報兒暗鎖板扉囑吳曰倘聞人喧但寐無吪吳諾吳每擲小注則輸大注輒贏更餘計得二百金史黃錯囊垂罄議質其馬忽聞撾門聲甚厲吳急起投骰於火蒙被假臥久之聞主人覓鑰不得破扃啟關有數人洶洶入搜投博者史黃並言無有一人竟捋吳被指為賭者吳叱咄之數人強撿吳裝方不能與之撐拒忽聞門外輿馬呵殿聲吳急出鳴呼眾始懼曳入之但求勿

聲吳乃從容苞苴付主人鹵簿旣遠衆乃出門去黃與史共作驚喜狀取次覓寢黃命史與吳同榻吳以腰橐置枕頭方命被而睡無何史啟吳衾裸體入懷小語曰愛兄磊落願從交好吳心知其詐然計亦良得遂相偎抱史極力周旋不料吳固偉男大爲鑿枘嚬呻殆不可任竊竊哀免吳固求訖事手捫之血流漂杵矣乃釋令歸及明史憊不能起托言暴病但請吳黃先發吳臨別贈金爲藥餌之費途中語狐乃知夜來鹵簿皆狐爲也黃於途益諂事吳暮復同舍斗室甚隘僅容一榻頗煖

潔而吳狹之黃曰此臥兩人則隘君自臥則寬何妨食已徑去吳亦喜獨宿可接狐友坐良久狐不至倏聞壁上小扉有指彈聲吳拔關探視一少女艷粧遽入自扃門戶向吳展笑佳麗如仙吳喜致研詰則主人之子婦也遂與狎大相愛悅女忽潸然泣下吳驚問之女曰不敢隱匿妾實主人遣以餌君者曩時入室即被掩執不知今宵何久不至又嗚咽曰妾良家女情所不甘今已傾心於君乞垂拔救吳聞駭懼計無所出但遣速去女惟俛首泣忽聞黃與主人搥闥鼎沸但聞黃曰我一路

祗奉謂汝爲人何遂誘我弟室吳懼逼女令去聞壁扉外亦有騰擊聲吳倉卒汗如流瀋女亦伏泣又聞有人勸止主人主人不聽推門愈急勸者曰請問主人意將胡爲如欲殺耶有我等客數輩必不坐視兇暴如兩人中有一逃者抵罪安所辭如欲質之公庭耶帷薄不修適以取辱且爾宿行旅明明陷詐安保女子無異言三人張目不能語吳聞竊感佩而不知其誰初肆門將閉即有秀才共一僕來就外舍宿携有香醞遍酌同舍勸黃及主人尤殷兩人辭欲去秀才牽裾苦不令去彼乘間得遁操杖奔吳所秀才聞喧始入勸解吳伏窗窺之則狐友也心竊喜又見主人意稍奪乃大言以恐之又謂女子何默不一言女啼曰恨不如人爲人驅役賤務主人聞之面如死灰秀才叱罵曰爾輩禽獸之情亦已畢露此客子所共憤者黃及主人皆釋刀杖長跽而請吳亦啟戶出頓大怒詈秀才又勸止吳兩始和解女子又啼寧死不歸內奔出嫗媪捽女令入女子臥地哭益哀秀才勸主人以重價貨吳生主人俛首曰作老娘三十年今日倒繃孩兒亦復何說遂依秀才言吳固不肯

破重貲秀才調停主客間議定五十金入財交付後晨鐘已動乃共促裝載女子以行女未經鞍馬馳驅頗殆午間稍休憇將行喚報兒不知所往日已西斜尚無跡響頗懷疑訝遂以問狐狐曰無憂將自至矣星月已出報兒始至吳詰之報兒笑曰公子以五十金肥奸儈竊所不平適與鬼頭計反身索得遂以金置几上吳驚問其故蓋鬼頭知女止一兄遠出十餘年不返遂幻化作其兄狀使報兒冒弟行入門索姊妹主人惶恐詭托病殂二儈欲質官主人益懼啗之以金漸增至四十二儈

乃行報兒具述其故吳即賜之吳歸琴瑟綦篤家益富細詰女子曩美少即其夫蓋史即金也襲一槲紬帔云是得之山東王姓者蓋其黨與甚衆逆旅主人皆其一類何意吳生所遇即王子巽連天叫苦之人不亦快哉古言騎者善墮信夫

武孝廉

武孝廉石某囊貲赴都將求銓敘至德州暴病唾血不起長臥舟中僕篡金亡去石大恚病益加資糧斷絕榜人謀委棄之會有女子乘船夜來臨泊聞之自願以舟

載石榜人悅扶石登女舟石視之婦四十餘被服粲麗神釆猶都呻吟感謝婦臨審曰君夙有瘵根今魂魄已遊墟墓石聞之嗷然哀哭婦曰我有丸藥能起死苟病瘳勿相忘石灑泣矢盟婦乃以藥餌石半日覺少痊婦即榻供甘旨殷勤過於夫婦石益德之月餘病良已石膝行而前敬之如母婦曰妾煢獨無依如不以色衰見憎願侍巾櫛時石三十餘喪偶經年聞之喜愜過望遂相燕好婦乃出藏金使入都營幹相約返與同歸石赴都夤緣選得本省司閫餘金市鞍馬冠蓋赫奕因念婦

臘已高終非良偶因以百金聘王氏女爲從室心中悚怯恐婦聞知遂避德州道迂途履任年餘不通音耗有石中表偶至德州與婦爲鄰婦知之詣問石況某以實對婦大罵因告以情某亦代爲不平慰解曰或署中務冗尚未暇遑乞修尺一書爲嫂寄之婦如其言某敬以達石石殊不置意又年餘婦自往歸石止之於旅舍託官署司賓者通姓氏石令絕之一日方燕飲聞喧詈聲釋杯凝聽則婦已搴簾入矣石大駭面色如土婦指罵曰薄情郎安樂耶試思富若貴何所自來我與汝情分

不薄卽欲置婢妾相謀何害石累足屛氣不能復作聲久之長跪自投詭辭乞宥婦氣稍平石與王氏謀使以妹禮見婦王氏雅不欲石固哀之乃往王拜婦亦答拜曰妹勿懼我非悍妒者曩事實人情所不堪卽妹亦當不願有是耶遂爲王緬述本末王亦憤恨因與交詈石石不能自爲地惟求自贖遂相安帖初婦之未入也石戒閽人無通至此怒閽人陰詰讓之閽人固言管鑰未發無入者不服石疑之而不敢問婦兩雖言笑而終非所好也幸婦嫺婉不爭夕三餐後掩閨早眠並不問良

人夜宿何所王初猶自危見其如此益敬之但往朝如事姑嫜婦御下寬和有體而明察若神一日石失印綬合署沸騰屑屑還往無所爲計婦笑言勿憂竭井可得石從之果得之叩其故輒笑不言隱約間似知盜者姓名然終不肯洩居之終歲察其行多異石疑其非人常於寢後使人瞷聽之但聞牀上終夜作振衣聲亦不知其何爲婦與王極相愛憐一夕石以赴臬司未歸婦與王飲不覺過醉就臥席間化而爲狐王憐之覆以錦褥未幾石入王告以異石欲殺之王曰卽狐何負於君石

不聽急覓佩刀而婦已醒罵曰爼蝮之行而豺狼之心必不可以久居曩所啖藥乞賜還也即唾石面石覺森寒如澆冰水喉中習習作癢嘔出則丸藥如故婦拾之忿然逕出追之已杳石中夜舊症復作血嗽不止半歲而卒

異史氏曰石孝廉翩翩若書生或言其折節能下士語人如恐傷壯年殂謝士林悼之至聞其負狐婦一事則與李十郎何以少異

閻王

李久常臨朐人壺榼於野見旋風蓬蓬而來敬酹奠之後以故他適路旁有廣第殿閣宏麗一青衣自內出邀李李固辭青衣要遮甚殷李云素不識荆得無悞耶青衣云不悞便言李姓字問此誰家荅云入自知之入進一層門見一女子手足釘扉上近視則其嫂也大駭李有嫂臂生惡疽不起者年餘矣因自念何得至此轉疑招致意惡畏沮卻步青衣促之乃入至殿下上一人冠帶如王者氣象威猛李跪伏莫敢仰視王者命曳起之慰之曰勿懼我以曩昔擾子杯酌欲一見相謝無他故

也李心始安然終不知其故王者又曰汝不憶田野酹
奠時乎李頓悟知其爲神頓首曰適嫂氏愛此嚴刑骨
肉之情實愴於懷乞王憐宥王者曰此甚悍妒宜得是
罰三年前汝兄妾盤腸而産彼陰以針刺腸上俾至今
臟腑常痛此豈有人理者李固哀之乃曰便以子故宥
之歸當勸悍婦改行李謝而出則屏上無人矣歸視嫂
嫂臥榻上創血殷席時以妾拂意故方致詬罵李遽勸
曰嫂無復爾今日惡苦皆平日忌嫉所致嫂怒曰小郎
若個好男兒又房中娘子賢似孟姑姑任郎君東家眠

西家宿不敢一作聲自當是小郎大好乾綱到不得代
哥子降伏老媼李微哂曰嫂勿怒若言其情恐欲泣不
暇矣曰便曾不盜得王母籮中綫又未與玉皇香案吏
一眨眼中懷坦坦何處可用哭者李小語曰針刺人腸
宜何罪嫂勃然色變問此言之因李告之故嫂戰惕不
已涕泗流離而哀鳴曰吾不敢矣啼淚未乾覺痛頓止
旬日而瘥由是立改前轍遂稱賢淑後妾再産腸復墮
針宛然在焉拔去之腹痛乃瘳

異史氏曰或謂天下悍妒如某者正復不少恨陰綱之

漏多也余謂不然冥司之罰未必無甚於釘扉者但無
回信耳

布客

長清某販布爲業客於泰安聞有術人工星命之學詣
問休咎術人推之曰運數大惡可速歸某懼囊資北下
途中遇一短衣人似是隸胥漸漬與語遂相和悅屢市
餐飲呼與共啜短衣人甚德之某問所幹營荅言將適
長清有所勾致問爲何人短衣人出牒示令自審第一
卽已名駭曰何事見勾短衣人曰我非生人乃蒿里山

山東四司隸役想子壽數盡矣某出涕求救鬼曰不能
然牒上多名拘集尚需時日子速歸處置後事然後相
招此卽所以報交好耳無何至河際斷絕橋梁行人艱
涉鬼曰子行死矣一文亦將不去請卽建橋利行人雖
頗煩費然於子未必無小益某然之及歸告妻子作周
身具尅日鳩工建橋久之鬼竟不至心竊疑之一日鬼
忽來曰我已以建橋事上報城隍轉達冥司矣謂此一
節可延壽命今牒名已除敬以報命某喜感謝後再至
泰山不忘鬼德敬賚楮錠呼名酬奠既出見短衣人匆

遽而來曰子幾禍我適司君方蒞事幸不聞不然柰何送之數武曰後無復來倘有事北往自當迂道過訪遂别而去

農人

有農人芸於山下婦以陶器爲餉食已置器壠畔向暮視之器中餘粥盡空如是者屢心疑之因睨注以覘之有狐來探首器中農人荷鋤潛往力擊之狐驚竄走器囊頭苦不得脫狐顛躓觸器碎落出首見農人竄益急越山而去後數年山南有貴家女苦狐纏祟勑勒無靈

狐謂女曰紙上符咒能柰我何女紿之曰汝道術良深可幸永好顧不知生平亦有所畏者否狐曰我罔所怖但十年前在北山時嘗竊食田畔被一人戴闊笠持曲項兵幾爲所戮至今猶悸女告父父思投其所畏但不知姓名居里無從問訊會僕以故至山村向人偶語道旁一人驚曰此與吾曩年事適相符將無向所逐狐今能爲怪耶僕異之歸告主人主人喜即命僕持馬招農人來敬白所求農人笑曰曩所遇誠有顧未必即爲此物且既能怪變豈復畏一農人貴家固强之使披戴如

鬭日狀入室以鋤卓地咤曰我日覓汝不可得汝乃逃匿在此耶今相值決殺不宥言已即聞狐鳴於室農人益作威怒狐即哀言乞命農人叱曰速去釋汝女見狐捧頭鼠竄而去自是遂安

長治女子

陳歡樂潞之長治人有女慧美有道士行乞覘之而去由是日持鉢近廛閒適一瞽人自陳家出道士追與同行問何來瞽云適過陳家推造命道士曰聞其家有女郎我中表親欲求姻好但未知其甲子瞽爲之述之道士乃別而去居數日女繡於房忽覺足麻痺漸至股又漸至腰腹俄而暈然傾仆定踰刻始恍惚能立將尋告母及出門則見茫茫黑波中一路如綫駭而卻退門舍居廬已被黑水淹沒又視路上行人絕少惟道士緩步於前遂遙尾之冀其同鄉以相告語走數里以來忽睹里舍視之則已家門大駭曰奔馳如許固猶在村中何向來迷罔若此欣然入門父母尚未歸復仍至已房所繡業履猶在榻上自覺奔波殆極就榻憩坐道士捉而捺之女欲號則瘖不能聲道士急以利刃剖女心女覺

魂飄飄離殼而立四顧家舍全非惟有崩崖若覆視道士以己心血點木人上又復叠指詛咒女覺木人遂與己合道士囑曰自兹當聽差遣勿得違悞遂佩戴之陳氏失女舉家惶惑尋至牛頭嶺始聞村人傳言嶺下一女子剖心而死陳奔驗果其女也泣以愬宰宰拘嶺下居人拷掠幾徧迄無端緒姑收羣犯以待覆勘道士去數里外坐路旁柳樹下忽謂女曰今遣汝第一差往偵邑中審獄狀去當隱身煖閣上倘見官宰用印即當趨避切記勿忘限汝辰去巳來遲一刻則以一針刺汝心

中令作急痛二刻刺二針至三針則使汝魂魄銷滅矣女聞之四體驚悚飄然遂去瞬息至官廨如言伏閣上時嶺下人羅跪堂下尚未訊詰適將鈐印公牒女未及避而印已出匣女覺身軀重耎紙格似不能勝曝然作響滿堂愕顧宰命再舉響如前三舉翻墮地下衆悉聞之宰起祝曰是寃鬼當便直陳為汝昭雪女哽咽而前歷言道士殺己狀遣己狀宰差役馳去至柳樹下道士果在捉還一鞫而服人犯乃釋宰問女寃雪何歸女曰將從大人宰曰我署中無處可容不如暫歸汝家女良

久曰官署即吾家我將入矣宰又問音響已寂退入宅中則夫人生女矣

土偶

沂水馬姓者娶妻王氏琴瑟甚敦馬早逝王父母欲奪其志王矢不他姑憐其少勸之王不聽母曰汝志良佳然齒太幼兒又無出每見有勉强於初而貽羞於後者固不如早嫁猶恒情也王正容以死自誓母乃任之女命塑土肖夫像每食酹獻如生時一夕將寢忽見土偶人欠伸而下駭心愕顧即已暴長如人眞其夫也女懼

呼母鬼止之曰勿爾感卿情好幽壤酸辛一門有忠貞數世祖宗皆有榮光吾父生有損德應無嗣遂至促我茂齡冥司念爾苦節故令我歸與汝生一子承祧緒女亦沾襟遂燕好如生平雞鳴即下榻去如此月餘覺腹微動鬼乃泣曰限期已滿從此永訣矣遂絕女初不言旣而腹漸大不能隱陰以告母母疑涉妄然窺女無他大惑不解十月果舉一男向人言之聞者罔不匿笑女亦無以自伸有里正故與馬有郤告諸邑令令拘訊鄰人並無異言令曰聞鬼子無影有影者僞也抱兒日中

影淡淡如輕煙然又剌兒指血傳土偶上立入無痕取他偶塗之一拭便去以此信之長數歲口鼻言動無一不肖馬者羣疑始解

黎氏

龍門謝中條者佻達無行三十餘喪妻遺二子一女晨夕啼號縈累甚苦謀聘繼室低昂未就暫僱傭媪撫子女一日翔步山途忽一婦人出其後待以窺覘是好女子年二十許心悅之戲曰娘子獨行不畏怖耶婦走不對又曰娘子纖步山徑殊難婦仍不顧謝四望無人近

身側遽挲其腕曳入幽谷將以强合婦怒呼曰何處强人橫來相侵謝牽挽而行更不休止婦步履跌蹶困窘無計乃曰燕婉之求乃若此耶緩我當相就耳謝從之偕入靜壑野合既已遂相欣愛婦問其里居姓氏謝以實告亦問婦婦言妾黎氏不幸早寡姑又殞歿塊然一身無所依倚故常至母家耳謝曰我亦鰥也能相從乎婦問君有子女無也謝曰實不相欺若論枕席之事交好者亦頗不乏祇是兒啼女哭令人不耐婦躊躇曰此大難事觀君衣服襪履欵樣亦只平平我自謂能辦但

繼母難作恐不勝誚讓也謝曰請無疑阻我自不言人何干預婦亦微納轉而慮曰肌膚已沾有何不從但有悍伯每以我爲奇貨恐不久諧將復如何謝亦憂皇請與逃竄婦曰我亦思之爛熟所慮家人一洩兩非所便謝云此卽細事家中惟一孤媼立便遣去婦喜遂與同歸先匿外舍卽入遣媼訖掃榻迎婦倍極懽好婦便操作兼爲兒女補綴辛勤甚至謝得婦嬖愛異常日惟閉門相對更不通客月餘適以公事出反關乃去及歸則中門嚴閉扣之不應排闥而入渺無人跡方至寢室一

巨狼衝門躍出幾驚絕入視子女皆無鮮血殷地惟三頭存焉返身追狼已不知所之矣

異史氏曰士則無行報亦怪矣再娶者皆引狼入室耳況將於野合逃竄中求賢婦哉

柳氏子

膠州柳西川法內史之主計僕也年四十餘生一子溺愛甚至縱任之惟恐拂既長蕩侈踰檢翁囊積爲空無何子病翁故蓄善騾子曰騾肥可啗殺啖我我病可愈柳謀殺蹇劣者子聞之卽大怒罵疾益甚柳懼殺騾以

進子乃喜然嘗一臠便棄去疾卒不減尋斃柳悼歎欲死後三四年村人以香社登岱至山半見一人乘騾駛行而來怪似柳子比至果是下騾徧揖各道寒暄村人共駭亦不敢詰其死但問在此何作荅云亦無甚事東西奔馳而已便問逆旅主人姓名衆具告之柳子拱手曰適有小故不暇敘閒濶明日當相謁上騾遂去衆既歸寓亦謂其未必即來明旦俟之子果至繫騾厩柱趨進笑言衆謂曾大人日切思慕何不一歸省侍子訝問言者何人衆以柳對子神色俱變久之曰彼既見思請歸傳語我於四月七日在此相候言訖別去衆歸以情致翁翁大哭如期而往自以其故告主人主人止之曰曩見公子神情冷落似未必有嘉意以我卜也殆不可見柳涕泣不信主人曰我非阻君神鬼無常恐遭不善如必欲見請伏櫝中待其來察其辭色可見則出柳如其言既而子果至問柳某來否荅云無子盛氣罵曰老畜產那便不來主人驚曰何罵父荅曰彼是我何父初與結義爲客侶不圖包藏禍心隱我血貲悍不還今願得而甘心何父之有言已出門曰便宜他柳在櫝中歷

歷聞之汗流浹踵不敢出氣主人呼之乃出狼狽而歸

異史氏曰暴得多金何如其樂所難堪者償耳蕩費殆盡尚不忘於夜臺怨毒之於人甚矣哉

上仙

癸亥三月與高季文赴稷下同居逆旅季文忽病會高振美亦從念東先生至郡因謀醫藥聞袁鱗公言南郭梁氏家有狐仙善長桑之術遂共詣之梁四十已來女子也致綏綏有狐意入其舍複室中挂紅幕探幕以窺壁間懸觀音像又兩三軸跨馬操矛騶從紛沓北壁下有案案頭小座高不盈尺貼小錦褥云仙人至則居此衆焚香列揖婦擊磬三口中隱約有辭祝已肅客就外榻坐婦立簾外理髮支頤與客語具道仙人靈蹟久之日漸曛衆恐礙夜難歸煩再祝請婦乃擊磬重禱轉身復立曰上仙最愛夜談他時往往不得遇昨宵有候試秀才攜肴酒來與上仙飲上仙亦出良醞酬諸客賦詩歡笑散時更漏向盡矣言未已聞室中細細繁響如蝙蝠飛鳴方凝聽間忽案上若墮巨石聲甚厲婦轉身曰幾驚怖煞人便聞案上作歎咤聲似健叟婦以蕉扇隔

小座座上大言曰有緣哉抗聲讓座又似拱手爲禮已而問客何所諭教高振美遵念東先生意問見菩薩否荅云南海是我熟徑如何不見又問閻羅亦更代否曰與陽世等耳問閻羅何姓曰姓曹已乃爲季文求藥曰歸當夜祀茶水我於大士處討藥奉贈何恙不已衆各有問悉爲剖決乃辭而歸過宿季文少愈余與振美治裝先歸遂不暇造訪矣

侯靜山

高少宰念東先生云崇禎間有猴仙號靜山托神於河間之叟與人談詩文決休咎娓娓不倦以肴核置案上啗飲狼籍但不能見之耳時先生祖寢疾或致書云侯靜山百年人也不可不晤遂以僕馬往招叟叟至經日仙猶未來焚香祠之忽聞屋上大聲歎讚曰好人家衆驚顧俄檐間又言之叟起曰大仙至矣羣從叟岸幘出迎又聞作拱致聲旣入室遂大笑縱談時少宰兄弟尚諸生方入闈歸仙言二公闈卷亦佳但經不熟再須勤勉雲路亦不遠矣二公敬問祖病曰生死事大其理難明因共知其不祥無何太先生謝世

舊有猴人弄猴於村猴斷鎖而逸不可追入山中數十年人猶見之其走飄忽見人則竄後漸入村中竊食果餌人皆莫之見一日爲村人所睹逐諸野射而殺之而猴之鬼竟不自知其死也但覺身輕如葉一息百里遂往依河間叟曰汝能奉我我爲汝致富因自號靜山云

郭生

郭生邑之東山人少嗜讀但山村無所就正年二十餘字畫多訛先是家中患狐服食器用輒多亡失深患苦之一夜讀卷置案頭被狐塗鴉甚者狼籍不辨行墨因擇其稍潔者輯讀之僅得六七十首心甚恚憤而無如何又積窗課廿餘篇待質名流晨起見翻攤案上墨汁濃泚殆盡恨甚會王生者以故至山素與郭善登門造訪見污本問之郭具言所苦且出殘課示王王諦玩之其所塗留似有陽秋又覆視涴卷類冗雜可删訝曰狐似有意不唯勿患當即以爲師過數月回視舊作頓覺所塗良確於是改作兩題置案上以覘其異比曉又塗之積年餘不復塗但以濃墨灑作巨點淋漓滿紙郭異

之持以白王王閱之曰狐眞爾師也佳幅可售矣是歲果入邑庠郭以是德狐恒置雞黍備狐啗飲每市房書名稿不自選擇但決於狐由是兩試俱列前名入闈中副車時葉繆諸公稿風雅艷麗家傳而戶誦之郭有鈔本愛惜臻至忽被傾濃墨椀許於上汚漬幾無餘字又擬題構作自覺快意悉浪塗之於是漸不信狐無何葉公以正文體被收又稍稍服其先見然每作一文經營慘澹輒被塗汚自以屢拔前矛心氣頗高以是益疑狐妄乃錄向之濃墨灑點者試之狐又盡泚之乃笑曰是

眞妄矣何前是而今非也遂不爲狐設饌取讀本鎖箱簏中旦見封固儼然啟視則卷面塗四畫粗於指第一章畫五二章亦畫五後卽無有矣自是狐竟寂然後郭一次四等兩次五等始知其兆已寓意於畫也

異史氏曰滿招損謙受益天道也名小立遂自以爲是執葉繆之餘習扭而不變勢不至一敗塗地不止也滿之爲害如是夫

邵士梅

邵進士名士梅濟寧人初授登州教授有二老秀才投

剌睹其名似甚熟識凝思良久忽憶前身便問齋夫某生居某村否又言其丰範一一脗合俄兩生入執手傾語歡若平生談次問高東海近況二生荅瘐死廿餘年矣今一子尚存此鄉中細民何以見知邵笑云我舊戚也先是高東海素無賴然性豪爽輕財好義有負租而鬻女者傾囊代贖之私一娼娼坐隱盜官捕甚急逃匿高家官知之收高備極搒掠終不服尋死獄中其死之日即邵生辰後邵至某村卹其妻子遠近皆知其異此高少宰言之即高公子翼良同年也

王漁洋云邵前生爲棲霞人與其妻三世爲夫婦事更奇也高東海以病死非瘐死邵自述甚詳

邵臨淄

臨淄某翁之女太學李生妻也未嫁時有術士推其造決其必受官刑翁怒之既而笑曰妄言一至於此無論世家女必不至公庭豈一監生不能庇一婦乎既嫁悍甚指罵夫壻以爲常李不堪其虐忿鳴於官邑宰邵公准其詞簽役立勾翁聞之大駭率子弟登堂哀求寢息弗許李亦自悔求罷公怒曰公門內豈作輟盡由爾耶

必拘質審既到畧詰一二言便曰眞悍婦杖責三十臀
肉盡脫
異史氏曰公豈有傷心於閨闥耶何怒之暴也然邑有
賢宰里無悍婦矣誌之以補循吏傳之所不及者

單父宰

青州民某五旬餘繼娶少婦二子恐其復育乘父醉潛
割睪丸而藥糝之父覺托病不言久之創漸平忽入室
刀縫綻裂血溢不止尋斃妻知其故訟於官官械其子
果伏駭曰余今爲單父宰矣並誅之

邑有王生者娶月餘而出其妻妻父訟之時辛公宰
淄問王何故出妻答云不可說固詰之曰以其不能
產育耳公曰妄哉月餘新婦何知不產忸怩久之告
曰其陰甚偏公笑曰是則偏之爲害而家之所以不
齊也此可與單父宰並傳一笑也

閻羅甍

巡撫某公父先爲南服總督殂謝已久公一夜夢父來
顏色慘慄告曰我生平無多孽愆祇有鎮師一旅不應
調而悞調之途逢海寇全軍盡覆今訟於閻君刑獄酷

毒實可畏凜閻羅非他明日有經歷解糧至魏姓者是
也當代哀之勿忘醒而異之意未深信既寐又夢讓之
曰父罹厄難尚弗鏤心猶妖夢置之耶公大異之明日
畱心審閱果有魏經歷轉運初至即刻傳入使兩人捺
坐而後起拜如朝參禮拜已長跽漣洏而告以故魏初
不肯自任公伏地不起魏乃云然其有之但陰曹之法
非若陽世夢夢可以上下其手即恐不能爲力公哀之
益切魏不得已諾之公又求其速理魏籌思慮無靜所
公請爲糞除賓廨許之公乃起又求一往窺聽魏不可
强之再四囑曰去即勿聲且冥刑雖慘與世不同暫寘
若死其實非死如有所見無庸駭怪至夜潛伏廨側見
堦下囚人斷頭折臂者紛雜無數墀中置火鐺油鑊數
人爇薪其下俄見魏冠帶出升座氣象威猛迥與曩殊
羣鬼一時都伏齊鳴冤苦魏曰汝等命戕於寇冤自有
主何得妄扳官長衆鬼譁言曰例不應調乃被妄檄前
來遂遭凶害誰貽之冤魏又曲爲解脫衆鬼嗥冤其聲
訩動魏乃喚鬼役可將某官赴油鼎畧入一煠於理亦
當然其意似欲借此以洩衆忿言一出即有牛首阿旁

執公父至即以利叉刺入油鼎公見之中心慘怛痛不可忍不覺失聲一號而庭中寂然萬形俱滅公歎咤而歸及明視魏已死於廨中松江張禹定言之以非佳名故諱其人

顛道人

顛道士不知姓名寓蒙山寺歌哭不常人莫之測或見其煮石爲飯者會重陽有邑貴載酒登臨輿蓋而往宴畢過寺甫及門則道士赤足著破衲自張黃蓋作警蹕聲而出意近玩弄邑貴慚怒揮僕輩逐罵之道人笑而

卻走逐急棄蓋共毀裂之片片化爲鷹隼四散羣飛衆始駭蓋柄轉成巨蟒赤鱗耀目衆譁欲奔有同遊者止之曰此不過翳眼之幻術耳烏能噬人遂操刀直前蟒張吻怒逆吞客噬之衆益駭擁貴人急奔息於三里之外使數人逡巡往探漸入寺則人蟒俱無方將返報聞老槐內喘急如驢駭甚初不敢前潛蹤移近之見樹朽中空有竅如盤試一攀窺則鬬蟒者倒植其中而孔大僅容兩手無術可以出之急以刀劈樹比樹開而人已死踰時少蘇舁歸道士不知所之矣

異史氏曰張盖游山厭氣浹於骨髓仙人遊戲三昧一何可笑予鄉殷生文屏畢司農之妹夫也爲人玩世不恭章邱有周生者以寒賤起家出必駕肩而行亦與司農有瓜葛之舊値太夫人壽殷料其必來先候於道著猪皮鞾公服持手本俟周輿至鞠躬道左唱曰淄川生員接章邱生員周慚下輿畧致數語而別少閒同聚於司農之家冠裳滿座視其服色無不竊笑殷傲睨自若旣而筵終出門各命輿馬殷亦大聲呼殷老爺獨龍車何在有二健僕橫扁杖於前騰身跨之致聲拜謝飛馳而去殷生亦仙人之亞也

鬼令

教諭展先生灑脫有名士風然酒狂不持儀節每醉歸輒馳馬殿堦堦上多古栢一日縱馬入觸樹頭裂自言子路怒我無禮擊腦破矣中夜遂卒邑中某乙者負販其鄉夜宿古刹更靜人稀忽見四五人攜酒入飲展亦在焉酒數行或以字爲令曰田字不透風十字在當中十字推上去古字贏一鍾一人曰回字不透風口字在當中口字推上去呂字贏一鍾一人曰圖字不透風令

字在當中令字推上去含字贏一鍾又一人曰困字不透風木字在當中木字推上去杏字贏一鍾末至展凝思不得衆笑曰既不能令須當受命飛一觥來展云我得之矣曰字不透風一字在當中衆又笑曰推作何物展吸盡曰一字推上去一口一大鍾相與大笑未幾出門去某不知展死竊疑其罷官歸也及歸問之則展死已久始悟所遇者鬼耳

閻羅宴

静海邵生者家貧值母初度備牲酒祀於庭拜已而起則案上肴饌皆空甚駭以情告母母疑其困乏不能爲壽故詭言之邵默然無以自白無何學使案臨苦無資斧薄貸而往途遇一人伏候道左邀請甚殷從去見殿閣樓臺彌亘街路既入一王者坐殿上邵伏拜王者霽顏命坐即賜宴飲因曰前過華居廝僕輩道路飢渴有叨盛饌邵愕然不解王者曰我忤官王也不記尊堂設帨之辰乎筵終出白鏹一裹曰豚蹄之擾聊以相報受之而出則宮殿人物一時都渺惟有大樹數章蕭然道側視所贈則眞金秤之得五兩考終止耗其半猶懷歸

以奉毋焉

畫馬

臨淸崔生家窶貧圍垣不修每晨起輒見一馬臥露草間黑質白章惟尾毛不整似火燎斷者逐去夜又復來不知其所自至崔有善友官於晉每欲往就之而苦無健步遂捉馬施勒乘之而去囑家人曰倘有尋馬者當如晉以告既就途馬騖駛瞬息百里夜不甚餤芻豆意其病次日緊銜不令馳而馬蹄嘶噴沫健怒如昨復縱之午已達晉時騎於市廛觀者無不稱歎晉王聞之以重直購之崔恐爲失者所尋以故不敢售居半年家中無耗遂以八百金貨於晉邸自乃市健騾以歸後王以急故遣校尉騎赴臨淸馬逸追至崔之東鄰入門不可復見索諸主人主曾姓實莫之睹及入其室見壁間挂子昂畫馬一幀內一匹毛色渾似尾處爲香炷所燒始悟馬畫妖也校尉難復王命因訟曾時崔得馬貲居積盈萬自願以直貸曾付校尉而去曾甚德之而不知其即當年之售主也

放蝶

長山王進士峅生爲令時每聽訟按律之輕重罰令納蝶自贖堂上千百齊放如風飄碎錦王乃拍案大笑一夜夢一女子衣裳華好從容而入曰遭君虐政姊妹多物故當使君先受風流之小譴耳言已化爲蝶迴翔而去明日方獨酌署中忽報直指使至皇遽而出閨中戲以素花簪冠上忘除之直指見之以爲不恭大受詬罵而返由是罰蝶令遂止

青城于重寅性放誕爲司理時元夕以火花爆竹縛驢上首尾並滿牽登太守之門擊柝而請自白某獻

火驢幸出一覽時太守有愛子患痘心緒方惡辭之于固請之太守不得已使閽人啟鑰門甫闢于火發機推驢入爆震驢驚踶趹狂奔又飛火射人人莫敢近驢穿堂入室破甌毀甑火觸成塵窗紗都燼家人大譁痘兒驚陷終夜而死太守痛恨將揭劾之于浼諸司道登堂負荆乃免

鬼妻

泰安聶鵬雲與妻某魚水甚諧妻遘疫卒聶坐臥悲思忽忽若失一夕獨坐妻忽推扉入聶驚問何來答云妾

已鬼矣感君悼念哀白地下主者聊與作幽會聶喜攜就牀寢一切無異於常從此星離月會積有年餘聶亦不復言娶伯叔兄弟懼墮宗主私勸聶鸞續聶從之聘於良家然恐妻不樂秘之未幾吉期逼邇鬼知其情責之曰我以君義故冒幽冥之譴今乃質盟不卒鍾情者固如是乎聶述宗黨之意鬼終不悅謝絕而去聶雖憐之而計亦得也迨合巹之夕夫婦俱寢鬼忽至就牀上撾新婦大罵何得占我牀寢新婦起力與撑拒聶惕然赤蹲竝無敢左右袒無何雞鳴鬼乃去新婦疑聶妻故未死謂其賺己投繯欲自縊聶爲之緬述新婦始知爲鬼日夕復來新婦懼避之鬼亦不與聶寢但以指掐膚肉已乃對燭怒相視默默不作一語如是數夕聶患之近村有良於術者削桃爲杙釘墓四隅其怪始絕

醫術

張氏者沂之貧民途中遇一道士善風鑑相之曰子當以術業富張曰宜何從又顧之曰醫可也張曰我僅識之無耳烏能是道士笑曰迂哉名醫何必多識字乎但行之耳既歸貧無業乃摭拾海上方卽市廛中除地作

肆設魚牙蜂房謀升斗於口舌之間而人亦未之奇也會青州太守病嗽牒檄所屬徵醫沂故山僻少醫工而令懼無以塞責又責里中使自報於是共舉張令立召之張方痰喘不能自療聞命大懼固辭令弗聽卒郵送去路經深山渴極咳愈甚入村求水而山中水價與玉液等徧乞之無與者見一婦漉野菜菜多水寡盎中濃濁如涎張燥急難堪便乞餘瀋飲之少間渴解嗽亦頓止陰念殆良方也比至郡諸邑醫工已先施治並未痊減張入求密所偽作藥目傳示內外復遣人於民間索諸藜藿如法淘汰訖以汁進太守一服病良已太守大悅賜賚甚厚旌以金扁由此名大譟門常如市應手無不悉效有病傷寒者言症求方張適醉悞以瘧劑予之醒而悟之不敢以告人三日後有盛儀造門而謝者問之則傷寒之人大吐大下而愈矣此類甚多張由此稱素封益以聲價自重聘者非重資安輿不至焉

益都韓翁名醫也其未著時貨藥於四方暮無所宿投止一家則其子傷寒將死因請施治韓思不治則去此莫適而治之誠無術往復跐踱以手搓體而汗

成片捻之如丸頓思以此給之當亦無所害曉而不愈已賺得寢食安飽矣遂付之中夜主人撾門甚急意其子死恐被侵辱驚起踰垣疾遁主人追之數里韓無所逃始止乃知病者汗出而愈矣挽回款宴豐隆臨行厚贈之

蚰蜒

學使朱裔三家有蚰蜒長數尺每遇風雨即出如白練然

何仙

長山王公子瑞亭能以乩卜神自稱何仙爲純陽弟子

或謂是呂祖所跨鶴云每降輒與人論文作詩李太史質君師事之丹黃課藝理緒明切太史揣摩成賴何仙力居多焉因之文學士多皈依之然爲人決疑難事多憑理不甚言休咎辛未歲朱文宗案臨濟南試後諸友請決等第何仙索試藝悉月旦之座中有與樂陵李忭相善者李固好學深思之士衆屬望之因出其文代爲之請乩註云一等少間又書云適評李文據文爲斷然此生運數大晦應犯夏楚異哉文與數不相符豈文宗不論文耶諸公少待試一往探之少頃又書云我適至

提學署中見文宗公事旁午所焦慮者殊不在文也一切寘付幕客客六七人粟生例監都在其中前世全無根氣大半餓鬼道中遊魂乞食於四方者也曾在黑暗獄中八百年損其目之精氣如人久在洞中乍出則天地異色無正明也中有一二爲人身所化者閱卷分曹恐不能適相値耳衆問挽回之術書云其術至實人所共曉何必問衆會其意以告李李懼以文質孫太史子未且訴以兆太史贊其文因解其惑李以太史海內宗匠心益壯乩語不復置懷後案發竟居四等太史大駭取其文復閱之殊無疵摘評云石門公祖素有文名必不悠謬至此是必幕中醉漢不識句讀所爲於是衆益服何仙之神共焚香祝謝之乩書曰李生勿以暫時之屈遂懷慚怍當多寫試卷益暴之明歲可得優等李如其教久之署中頗聞懸牌特慰之次歲果列前名

潞令

宋國英東平人以教習授潞城令貪暴不仁催科尤酷斃杖下者狠藉於庭余鄉徐白山適過之見其橫飆曰爲民父母威㬥固至此乎宋揚揚作得意之詞曰啱不

河間某生場中積麥稭如丘家人日取爲薪洞之有狐居其中常與主人相見老翁也一日屈主人飲拱生入洞生難之强而後入入則廊舍華好即坐茶酒香洌但日色蒼黃不辨中夕筵罷既出景物俱杳翁每夜往夙歸人莫能跡問之則言友朋招飲生請與俱翁不可固請之翁始諾挽生臂疾如乘風可炊黍時至一城市入酒肆見坐客良多聚飲頗譁乃引生登樓上下視飲者

敢官雖小蒞任百日誅五十八人矣後半年方據案視事忽瞪目而起手足撓亂似與人撑拒狀自言曰我罪當死我罪當死扶入署中踰時尋卒嗚呼幸有陰曹兼攝陽政不然顛越貨多則卓異聲起矣流毒安窮哉

異史氏曰潞子故區其人魂魄毅故其爲鬼雄今有一官握篆於上必有一二鄙流風承而痔舐之其方盛也則竭攫未盡之膏脂爲之具錦屏其將敗也則驅誅未盡之肢體爲之乞保留官無貪廉每蒞一任必有此兩事赫赫者一日未出則蚩蚩者不敢不從積習相傳沿爲成規其亦取笑於潞城之鬼也已

河間生

几案柈飧可以指數翁自下樓任意取案上酒果懷來供生筵中人曾莫之覺移時生視一朱衣人前列金橘命翁取之曰此正人不可近生默念狐與我游必我邪也自今以往我必正方一注想覺身不自主眩墮樓下飲者大駭相譁以妖生仰視竟非樓上乃梁間耳以實告衆衆審其情確贈而遣之問其處乃魚臺去河閒千里云

杜翁

杜翁沂水人偶自市中出坐牆下以候同游覺少倦忽若夢見一人持牒攝去至一府署從來所未經一人戴瓦壟冠自內出則青州張某其故人也見杜驚曰杜大哥何至此杜言不知何事但有勾牒張疑其悞將爲查驗乃囑曰謹立勿他適恐一迷失將難救挽遂去久之不出唯持牒人來自認其悞釋令歸杜別而行途中遇六七女郎容色媚好悅而尾之下道趨小徑行十數步聞張在後大呼曰杜大哥汝將何往杜迷戀不已俄見諸女入一圭竇心識爲王氏賣酒者之家不覺探身門內畧一窺瞻即見身在笠中與諸小猳同伏豁然自悟

已化豕矣而耳中猶聞張呼大懼急以首觸壁聞人言曰小豕顛㾮矣還顧已復爲人遽出門則張候於途責曰固囑勿他往何不聽信幾至壞事遂把手送至市門乃去杜忽醒則身猶倚壁間詣王氏問之果有一豕自觸死云

林氏

濟南戚安期素佻達喜狎妓妻婉戒之不聽妻林氏美而賢會北兵入境被俘去暮宿途中欲相犯林僞諾之適兵佩刀繫牀頭急抽刀自剄死兵舉而委諸野次日拔舍去有人傳林死戚痛悼而往視之有微息負而歸目漸動稍稍嚬呻扶其項以竹管滴瀝灌飲能咽戚撫之曰卿萬一能活相負者必遭凶折半年林平復如故但首爲頸痕所牽常若左顧戚不以爲醜愛戀逾於平昔曲巷之游從此絕迹林自覺形穢將爲置媵戚執不可居數年林不育因勸納婢戚曰業誓不二鬼神寧不聞之即似續不承亦吾命耳若未應絕卿豈老不能生者耶林乃托疾使戚獨宿遣婢海棠襆被臥其牀下既久陰以宵情問婢婢言無之林不信至夜戒婢勿往自

詣婢臥少閒聞牀上睡息已動潛起登牀捫之戚醒問誰林耳語曰我海棠也戚卻拒曰我有盟誓不敢更也若似曩年尚須汝奔就耶林乃下牀出戚自是孤眠林使婢托己往就之戚念妻生平曾未肯作不速之客疑焉摸其項無痕知爲婢又出之婢慚而退既明以情告林使速嫁婢林笑云君亦不必過執倘得一丈夫子即亦幸甚戚曰苟背盟誓鬼責將及尚望延宗嗣乎林翼日笑語戚曰凡農家者流苗與秀不可知播種常例不可違晚閒耕耨之期至矣戚笑會之既夕林滅燭呼婢

使臥己衾中戚入就榻戲曰佃人來矣深愧錢鎛不利負此良田婢不語既而舉事婢小語曰私處小腫顛猛不任戚體意溫卹之事已婢僞起溺以林易之自此時値落紅輒一爲之而戚不知也未幾婢腹震林每使靜坐不令給役於前故謂戚曰妾勸內婢而君弗聽設爾日冒妾時君誤信之交而得孕將復何如戚曰留犢鬻母林乃不言無何婢舉一子林暗買乳媼抱養母家積四五年又產一子一女長子名長生已七歲就外祖家讀林半月輒托歸寧一往看視婢年益長戚時時促遣

之林輒諾婢日思兒女林從其願竊爲上鬟送詣母家謂戚曰日謂我不嫁海棠母家有義男業配之又數年子女俱長成値戚初度林先期治具爲候賓友戚歎曰歲月騖過忽已半世幸各強健家亦不至凍餒所闕者膝下一點林曰君執拗不從妾言夫誰怨然欲得男兩亦非難何況一也戚解顏曰既言不難明日便索兩男林言易耳早起命駕至母家嚴妝子女載與俱歸入門令雁行立呼父叩祝千秋拜已而起相顧嬉笑戚駭怪不解林曰君索兩男妾添一女始爲詳述本末戚喜曰何不早告曰早告恐絕其母今子已成立尚可絕乎戚感極涕不自禁乃迎婢歸偕老焉古有賢姬如林者可謂聖矣

大鼠

萬歷間宮中有鼠大與貓等爲害甚劇徧求民間佳貓捕制輒被啖食適異國來貢獅貓毛白如雪抱投鼠屋闔其扉潛窺之貓蹲良久鼠逡巡自穴中出見貓怒奔之貓避登几上鼠亦登貓則躍下如此往復不啻百次衆咸謂貓怯以爲是無能爲者既而鼠跳擲漸遲碩腹

似喘蹲地上少休貓即疾下爪掬頂毛口齕首領輾轉爭持聞貓聲嗚嗚鼠聲啾啾啓扉急視則鼠首已嚼碎矣然後知貓之避非怯也待其惰也彼出則歸彼歸則復用此智耳噫匹夫按劍何異鼠子

胡大姑

益都岳於九家有狐祟布帛器具輒被拋擲鄰堵蓄細葛將取作服見細卷如故解視則邊實而中虛悉被翦去諸如此類不堪其苦亂詬罵之岳戒止云恐狐聞狐在梁上曰我已聞之矣由是祟益甚一日夫妻臥未起狐攝衾服去各白身蹲牀上望空哀祝之忽見女子自窗入擲衣牀頭視之不甚脩長衣絳紅外襲雪花比甲岳著衣揖之曰上仙有意垂顧即勿相擾請以爲女如何狐曰我齒較汝長何得妄自尊又請爲姊妹乃許之於是命家人皆呼以胡大姑時顏鎮張八公子家有狐居樓上恒與人語岳問識之否答云是吾家喜姨何得不識岳曰彼喜姨曾不擾人汝何不效之狐不聽擾如故猶不甚祟他人而專祟其子婦履襪簪珥往往棄道上每食輒於粥椀中埋死鼠或糞穢婦輒擲椀罵騷狐

並不禱免岳祝曰男女輩皆呼汝姑何畧無尊長體耶狐曰教汝子出若婦我爲汝媳便相安矣子婦罵曰淫狐不慚欲與人爭漢子耶時婦坐衣笥上忽見濃煙出尻下熏熱如籠啟視藏裳俱燼剩一二事皆姑服也又使岳子出其婦子不應過數日又促之仍不應狐怒以石擊之額破裂血流幾斃岳益患之西山李成爻善符水因幣聘之李以泥金寫紅絹作符三日始成又以鏡縛梃上捉作柄徧照宅中使童子隨視有所見即急告至一處童言牆上若犬伏李即戟手書符其處旣而禹

步庭中咒移時即見家中犬豕並來帖耳戢尾若聽教命李揮曰去即紛然魚貫而去又咒羣鴨即來又揮去之已而雞至李指一雞大叱之他雞俱去此雞獨伏交翼長鳴曰予不敢矣李曰此物是家中所作紫姑也家人並言不曾作李曰紫姑今尚在因共憶三年前曾爲此戲怪異即自爾日始也徧搜之見芻偶猶在廐梁上李取投火中乃出一酒瓻三咒三叱雞起徑去聞瓻口言曰岳四狠哉數年後當復來岳乞付之湯火李不可攜去或見其壁間挂數十瓶塞口者皆狐也言其以次

縱之出爲祟因此獲聘金居爲奇貨云

狼三則

有屠人貨肉歸日已暮欻一狼來瞰擔中肉似甚垂涎步亦步尾行數里屠懼之以刃則稍卻既走又從之屠無計默念狼欲者肉不如姑懸諸樹而蚤取之遂鉤肉翹足挂樹間示以空空狼乃止屠卽逕歸昧爽往取肉遥望樹上懸巨物似人縊死狀大駭逡巡近之則死狼也仰首審視見口中含肉肉鉤剌狼腭如魚吞餌時狼革價昂直十餘金屠小裕焉緣木求魚狼則罹之亦可笑已

一屠晚歸擔中肉盡止有剩骨途中兩狼綴行甚遠屠懼投以骨一狼得骨止一狼仍從復投之後狼止而前狼又至骨已盡矣而兩狼之並驅如故屠大窘恐前後受其敵顧野有麥場場主積薪其中苫蔽成丘屠乃奔倚其下弛擔持刀狼不敢前眈眈相向少時一狼逕去其一犬坐於前久之目似瞑意暇甚屠暴起以刀劈狼首又數刀斃之方欲行轉視積薪後一狼洞其中意將隧入以攻其後也身已半入止露尻尾屠自後斷其股

亦斃之乃悟前狼假寐蓋以誘敵狼亦黠矣而頃刻兩斃禽獸之變詐幾何哉止增笑耳

一屠暮行爲狼所逼道旁有夜耕者所遺行室奔入伏焉狼自苫中探爪入屠急捉之令不可去顧無計可以死之惟有小刀不盈寸遂割破爪下皮以吹豕之法吹之極力吹移時覺狼不甚動方縛以帶出視則狼脹如牛股直不能屈口張不得闔遂負之以歸非屠烏能作此謀也三事皆出於屠則屠人之殘殺狼亦可用也

藥僧

濟寧某偶於野寺外見一遊僧向陽捫蝨杖挂葫蘆似賣藥者因戲曰和尚亦賣房中丹否僧曰有弱者可强微者可鉅立刻而效不俟經宿某喜求之僧解衲角出藥一丸如黍大令吞之約半炊時下部暴長踰刻自捫增於舊者三之一心猶未滿窺僧起遺竊解衲拈二三丸並吞之俄覺膚若裂筋若抽項縮腰橐而陰長不已大懼無術僧返見其狀驚曰子必竊吾藥矣急與一丸始覺休止解衣自視則幾與兩股鼎足而三矣縮頸蹣跚而歸父母皆不能識從此爲廢物日臥街上多見之

者

太醫

萬歷間孫評事少孤母十九歲守柏舟之節孫舉進士而母已死嘗語人曰我必博誥命以光泉壤始不負萱堂苦節忽得暴病綦篤素與太醫善使人招致之使者出門而疾以劇張目曰生不能揚名顯親何以見老母地下乎遂卒目不瞑無何太醫至聞哭聲即入臨弔見其狀異之家人告以故太醫曰欲得誥贈即亦匪難今皇后早晚臨盆矣但活十餘日誥命可得立命取艾灸

尸一十八處炷將盡牀上已呻急灌以藥居然復生囑曰切記勿食熊虎肉共誌之然以此物不常有頗不關意既而三日平復仍從朝賀過六七日果生太子召賜羣臣宴中使出異品徧賜文武白片朱絲甘美無比孫啖之不知何物次日訪諸同僚曰熊膰也大驚失色即刻而病至家而卒

農婦

邑西磁窰塢有農人婦勇健如男子輒為鄉中排難解紛與夫異縣而居夫家高苑距淄百餘里偶一來信宿

便去婦自負顔山販陶器爲業有贏餘則施丐者一夕與鄰婦語忽起曰小腹微痛想孽障欲離身也遂去天明往探之則見其肩荷釀酒巨甕二方將入門隨至其室則有嬰兒綳臥駭問之蓋娩後已負重百里矣故與北巷尼善訂爲姊妹後聞尼有穢行忿然操杖將復撻楚衆苦勸而止一日遇尼於途遽批之問何罪亦不荅拳石交施至不能號乃釋而去

異史氏曰世言女丈夫猶自知非丈夫也婦並忘其爲巾幗矣其豪爽自快於古劍仙何以少殊毋亦其夫亦即磨鏡者流耶

郭安

孫五粒有僮僕獨宿一室恍惚被人攝去至一宮殿見閻羅在上視之曰悞矣此非是因遣送還既歸大懼移宿他所遂有僚僕郭安者見其榻上空閒因就寢焉又一僕李祿與僮有夙怨久將甘心是夜操刀入捫之以爲僮也竟殺之郭父鳴於官時陳其善爲邑宰殊不苦之郭哀號言半生止此子今將何以聊生陳即判李祿爲己之子郭含寃而退此不奇於僮之見鬼而奇於陳

之折獄也

王漁洋云新城令陳端菴凝性仁柔無斷王生與哲典居宅於人久不給直訟之官陳不能決但曰毛詩有云維鵲有巢維鳩居之生爲鵲可也濟之西邑有殺人者其婦訟之邑令怒立拘凶犯至拍案罵曰人家好好夫婦直令寡耶即以汝配之亦令汝妻守寡遂判合之此等明決皆是甲榜所爲他途不能也而陳亦爾爾何途無才

查牙山洞

章邱查牙山有石窟如井深數尺許北壁有洞門伏而引領望見之會近村數輩九日登臨飲其處共謀入探之三人受燈縋而下洞高廠與夏屋等入數武稍狹即忽見底底際一竇蛇行始可入燭之漆漆然暗深不測兩人餒而卻退一人奪之火而嗤之銳身塞而進幸隘處僅厚於堵即又頓高濶乃立乃行頂上石參差危聳將墮不墮兩壁嶙嶙峋峋然類寺廟山塑都成鳥獸人鬼形鳥若飛獸若走人若坐若立鬼罔兩示現忿怒奇奇怪怪類多醜少妍心凜凜然作怖畏喜徑夷無少陂

逡巡幾百步西壁開石室門左一怪石鬼面人而立目努口箕張齒舌獰惡左手作拳觸腰際右手叉五指欲撲人心大恐毛森森以立遙望門中有爇灰知有人曾至焉者膽乃稍壯强入之見地上列椀琖泥垢其中然皆近今物非古窨也旁置錫壺四心利之解帶縛項繫腰閒即又旁矚一尸臥西隅兩肱及股四布以橫駭極漸審之足躡銳履梅花刻底猶存知是少婦人不知何里斃不知何年衣色暗敗莫辨青紅髮蓬蓬似筐許亂絲粘著髑髏上目鼻孔各二瓠犀兩行白巉巉意是口

也存想首顛當有金珠飾以火近腦似有口氣噓燈燈搖搖無定燄纁黃衣動掀掀大懼手搖顫燈即頓滅憶路急奔不敢手索壁恐觸鬼者物也頭觸石仆即復起冷溼浸頷頰知是血不覺痛抑不敢呻坌息奔至竇方將伏似有人捉髮住暈然遂絕眾坐井上俟久疑之又縋二人下探身入竇見髮罥石上血淫淫已殭二人失色不敢入坐愁歎俄井上又使二人下中有勇者始健進曳之以出置山上半日方甦言之縷縷所恨未窮其底極窮之必更有佳境也後章令聞之以丸泥封竇不

可復入矣

康熙二十六七年間養母峪之南石崖崩現洞口望之鍾乳林林如密笋然深險無敢入者忽有道士至自稱鍾離弟子言師遣先至糞除洞府郡人供以膏火道士攜之而下墮石笋上貫腹而死報令令封其洞其中必有奇境惜道士之尸解無回音矣

義犬

周村有賈某貿易蕪湖獲重貲賃舟將歸見堤上有屠人縛犬倍價贖之豢養舟上舟人固積寇也窺客裝豐

蕩舟入莽操刀欲殺賈賈哀賜以全尸盜乃以氈裹置江中犬見之哀鳴投水口銜裹具與共沉浮流蕩不知幾遠淺擱乃止犬泅出至有人處狺狺哀吠或以爲異從之而往見氈束水中引出斷其繩客固未死始言其情復哀舟人載還蕪湖將以伺盜船之歸登舟失犬心甚悼焉抵關三四日估楫如林而盜船不見適有同鄉賈將攜俱歸忽犬自來望客嗚嗥喚之卻走客下舟趁之犬奔上一舟嚙人脛股撻之不解客近呵之則所嚙卽前盜也衣服與舟皆易故不得而認之矣縛而搜之則

且傾囊獻之道士接金擲諸江流公以所來不易啞然驚惜道士曰君未能恝然耶金在江邊請自取之公詣視果然又益奇之呼爲仙道士漫指曰我非仙彼處仙人來矣賺公回顧力拍其項曰俗哉公受拍張吻作聲喉中嘔出一物墮地堛然俯而破之赤絲中裹飯猶存病若失回視道士已杳

異史氏曰公生爲河嶽沒爲日星何必長生乃爲不死

囊金猶在嗚呼一犬也而報恩如是世無心肝者其亦愧此犬也夫

楊大洪

大洪楊先生漣微時爲楚名儒自命不凡科試後聞報優等者時方食含哺出問有楊某否答以無不覺嗒然自喪嚥食入鬲遂成病塊噎阻甚苦衆勸駕令赴遺才錄公患無貲衆醵十金送之行乃强就道夜夢一人告之曰前途有人能愈君病宜苦求之臨去贈以詩有江邊柳下三弄笛拋向江中莫歎息之句明日途次果見

道士坐柳下因便叩請道士笑曰子悞甚矣我何能療病乎請爲三弄可耳因出笛吹之公觸所夢拜求益切

哉或以未能免俗不作天仙因而爲公悼惜余謂天上多一仙人不如世上多一聖賢解者必不議余說之偏也

張貢士

安邱張貢士寢疾仰臥牀頭忽見心頭有小人出長僅半尺儒冠儒服作俳優狀唱崑山曲音清徹說白自道名貫一與已同所唱節末皆其生平所遭四折旣畢吟詩而沒張猶記其梗概爲人述之高西園晤杞園先生曾細詢之猶述其曲文惜不能全憶

丐仙

高玉成故家子居金城之廣里善鍼灸不擇貧富輒醫之里中來一丐者脛有廢瘡臥於道膿血狼籍臭不可近居人恐其死日一餉之高見而憐焉遣人扶歸置於耳舍家人惡其臭掩鼻遙立高出艾親爲之灸日餉以疏食數日丐者索湯餅僕人怒訶之高聞卽命僕賜以湯餅未幾又乞酒肉僕走告曰乞人可笑之甚方其臥於道也日求一餐不可得今三飯猶嫌粗糲旣與湯餅又乞酒肉此等貪饕只宜仍棄之道上耳高問其瘡曰

痂漸脫落似能步履顧假咿嚘作呻楚狀高曰所費幾何即以酒肉饋之待其健或不吾讎也僕僞諾之而竟不與且與諸曹偶語共笑主人癡次日高親詣視丐丐跛而起謝曰蒙君高義生死人而肉白骨惠深覆載但新瘥未健妄思饞嚼耳高知前命不行呼僕痛笞之立命持酒炙餌丐者僕銜之夜分縱火焚耳舍乃故呼號高起視舍已燼歎曰丐者休矣督衆救滅見丐者酣臥火中齁聲雷動喚之起故驚曰屋何往羣始驚其異高彌重之臥以客舍衣以新衣日與同坐處問其姓名自

言陳九居數日容益光澤言論多風格又善手談高與對局輒敗乃日從之學頗得其奧秘如此半年丐者不言去高亦一時少之不樂也即有貴客來亦必偕之同飲或擲骰爲令陳每代高呼采雉盧無不如意高大奇之每求作劇輒辭不知一日語高曰我欲告別向受君惠且深今薄設相邀勿以人從也高曰相得甚歡何遽訣絕且君杖頭空虛亦不敢煩作東道主陳固邀之曰盃酒耳亦無所費高曰何處荅云園中時方嚴冬高慮園亭苦寒陳固言不妨乃從如園中覺氣候頓暖似三

月初又至亭中益暖異鳥成羣亂哢清咮髣髴暮春時亭中几案皆鑲以瑙玉有一水晶屏瑩徹可鑑中有花樹搖曳開落不一又有白禽似雪往來勾輈於其上以手撫之殊無一物高愕然良久坐見鸜鵒棲架上呼曰茶來俄見朝陽丹鳳銜一赤玉盤上有玻璃琖二盛香茗伸頸屹立飲已置琖其中鳳銜之振翼而去鸜鵒又呼曰酒來卽有青鸞黃鶴翩翩自日中來銜壺銜盃紛置案上頃之則諸鳥進饌往來無停趐珍錯雜陳瞬息滿案肴香酒冽都非常品陳見高飲甚豪乃曰君宏量

是得大爵鸜鵒又呼曰取大爵來忽見日邊燗燗有巨蝶攫鸚鵡盃受斗許翔集案間高視蝶大於雁兩翼綽約文采燦麗亟加贊歎陳喚曰蝶子勸酒蝶展然一飛化爲麗人繡衣翩躚前而進酒陳曰不可無以佐觴女乃仙仙而舞舞到酣際足離於地者尺餘輙仰折其首直與足齊倒翻身而起立身未嘗著於塵埃且歌曰連翩笑語踏芳叢低亞花枝拂面紅曲折不知金鈿落更隨蝴蝶過籬東餘音嫋嫋不窗繞梁高大喜拉與同飲陳命之坐亦飲之酒高酒後心搖意動遽起狎抱視之

則變爲夜叉睛突於眥牙出於喙黑肉凹凸怪惡不可狀高驚釋手伏几戰慄陳以箸擊其喙訶曰速去隨擊而化又爲蝴蝶飄然颺去高驚定辭出見月色如洗漫語陳曰君旨酒嘉肴來自空中君家當在天上盍攜故人一遊陳曰可即與攜手躍起遂覺身在空冥漸與天近見有高門口圓如井入則光明似晝堦路皆蒼石砌成滑潔無纖翳有大樹一株高數丈上開赤花大如蓮紛紜滿樹下一女子擣絳紅之衣於砧上艷麗無雙高木立睛停竟忘行步女子見之怒曰何處狂郎妄來此

處輒以杵投之中其背陳急曳於虛所切責之高被杵酒亦頓醒殊覺汗愧乃從陳出有白雲接於足下陳曰從此別矣有所囑慎志勿忘君壽不永明日速避西山中當可免高欲挽之反身竟去高覺雲漸低身落園中則景物大非歸與妻子言共相駭異視衣上著杵處異紅如錦有奇香早起從陳言裹糧入山大霧障天茫茫然不辨徑路躡荒急奔忽失足墮雲窟中覺深不可測而身幸不損定醒良久仰見雲氣如籠乃自歎曰仙人令我逃避大數終不能免何時出此窟耶又坐移時見

深處隱隱有光遂起而漸入則別有天地有三老方對弈見高至亦不顧問棋不輟高蹲而觀焉局終斂子入盒方問客何得至此高言迷墮失路老者曰此非人間不宜久淹我送君歸乃導至窟下覺雲氣擁之以昇遂履平地見山中樹色深黃蕭蕭木落似是秋杪大驚曰我以冬來何變暮秋奔赴家中妻子盡驚相聚而泣高訝問之妻曰君去三年不返皆以爲異物矣高曰異哉纔頃刻耳於腰中出其糗糧已若灰燼相與詫異妻曰君行後我夢二人皁衣閃帶似誶賦者詾詾然入室張

顧曰彼何往我訶之曰彼已外出爾卽官差何得入閨闥中二人乃出且行且語云怪事怪事而去乃悟已所遇者仙也妻所夢者鬼也高每對客衷杵衣於內滿座皆聞其香非麝非蘭著汗彌盛

耳中人

譚晉元邑諸生也篤信導引之術寒暑不輟行之數月若有所得一日方趺坐聞耳中小語如蠅曰可以見矣開目卽不復聞合眸定息又聞如故謂是丹將成竊喜自是每坐輒聞因思俟其再言當應以覘之一日又言

乃微應曰可以見矣俄覺耳中習習然似有物出微睨之小人長三寸許貌獰惡如夜叉狀旋轉地上心竊異之姑凝神以觀其變忽有鄰人假物扣門而呼小人聞之意張皇遶屋而轉如鼠失窟譚覺神魂俱失不復知小人何所之矣遂得顛疾號叫不休醫藥半年始漸愈

咬鬼

沈麟生云其友某翁者夏月晝寢朦朧間見一女子搴簾入以白布裹首縗服麻裙向內室去疑鄰婦訪內人者又轉念何遽以凶服入人家正自皇惑女子已出細

審之年可三十餘顏色黃腫眉目蹙蹙然神情可畏又逡巡不去漸逼臥榻遂僞睡以觀其變無何女子攝衣登牀壓腹上覺如百鈞重心雖了了而舉其手手如縛舉其足足如痿也急欲號救而苦不能聲女子以喙嗅翁面顴鼻眉額殆徧覺喙冷如冰氣寒透骨翁窘急中思得計待嗅至頤頰當即因而齧之未幾果及頤翁乘勢力齕其顴齒沒於肉女負痛身離且掙且啼翁齕益力但覺血液交頤溼流枕畔相持正苦庭外忽聞夫人聲急呼有鬼一緩頰而女子已飄忽遁去夫人奔入無

所見笑其魘夢之誣翁述其異且言有血證焉相與檢視如屋漏之水流枕浹席伏而嗅之腥臭異常翁乃大吐過數日口中尚有餘臭云

捉狐

孫翁者余姻家清服之伯兄也素有膽一日晝臥髣髴有物登牀遂覺身搖搖如駕雲霧竊意無乃魘狐耶微窺物大如貓黃尾而碧嘴自足邊來蠕蠕伏行如恐翁寤逡巡附體著足足痿著股股耎甫及腹翁驟起按而捉之握其項物鳴急莫能脫翁急呼夫人以帶縶其腰

乃執帶之兩端笑曰聞汝善化今注目在此看作如何化法言次物忽縮其腹細如管幾脫去翁大愕急力縛之則又鼓其腹粗如椀堅不可下力稍懈又縮之翁恐其脫命夫人急殺之夫人張皇四顧不知刀之所在公左顧示以處比回首則帶在手如環然物已渺矣

斫蟒

胡田村胡姓者兄弟采樵深入幽谷遇巨蟒兄在前為所吞弟初駭欲奔見兄被噬遂奮怒出樵斧斫蟒首首傷而吞不已然頭雖已沒而肩際不能下弟急極無計

乃兩手持兄足力與蟒爭竟曳兄出蟒亦負痛去視兄則鼻耳俱化奄將氣盡肩負以行途中凡十餘息始至家醫養半年方愈至今面目皆瘢痕鼻耳處惟孔存焉噫農人中乃有弟弟如此者哉或言蟒不爲害乃德義所感信然

野狗

于七之亂殺人如麻鄉民李化龍自山中竄歸值大兵宵進恐罹炎崐之禍急無所匿僵臥於死人之叢詐作尸兵過旣盡未敢遽出忽見闕頭斷臂之尸起立如林一尸斷首猶連肩上口中作語曰野狗子來奈何羣尸參差應曰奈何俄頃忽然而倒遂寂無聲李方驚顫欲起有一物來獸首人身伏嚙人首徧吸其腦李懼匿首尸下物來撥李肩欲得李首李力伏俾不可得物乃推覆尸而移之首見李大懼手索腰下得巨石如椀握之物俯身欲齕李驟起大呼擊其首中嘴物嗥如鴟掩口負痛而奔吐血道上就視之於血中得二齒中曲而端銳長四寸餘懷歸以示人皆不知其何物也

狐入瓶

萬村石氏之婦祟於狐患之而不能遣扉後有瓶每聞婦翁來狐輒遁匿其中婦窺之熟暗計而不言一日竄入婦急以絮塞其口置釜中燀湯而沸之瓶熱狐呼曰熱甚勿惡作劇婦不語號益急久之無聲拔塞而驗之毛一堆血數點而已

于江

鄉民于江父宿田間爲狼所食江時年十六得父遺履悲恨欲死夜俟母寢潛挾鐵錘去眠父死處冀報父讎少間一狼來逡巡嗅之江不動無何搖尾掃其額又漸

俯首舐其股江迄不動既而懽躍直前將齕其顙領江急以錘擊狼腦立斃起置草中少間又一狼來如前狀又斃之臥至中夜杳無至者忽小睡夢父曰殺二物足洩我恨然首殺我者其鼻白此都非是江醒堅臥以伺之既明無所復得欲曳狼歸恐驚母遂投諸眢井而歸至夜復往亦無至者如此三四夜忽一狼來齧其足曳之以行行數步棘刺肉石傷膚江若死者狼乃置之地上意將齕腹江驟起錘之仆又連錘之斃細視之眞白鼻也大喜負之以歸始告母母泣從去探眢井得二狼

焉

異史氏曰農家者流乃有此英物耶義烈發於血誠非直勇也智亦異焉

眞定女

眞定界有孤女方六七歲收養於夫家相居一二年夫誘與交而孕腹膨膨而以爲病也告之母母曰動否曰動又益異之然以其齒太穉不敢決未幾生男母歎曰不圖拳母竟生錐兒

焦螟

董侍讀默菴家爲狐所擾瓦礫磚石忽如雹落家人相率奔匿待其閒歇乃敢出操作公患之假祚庭孫司馬第移避之而狐擾猶故一日朝中待漏適言其異大臣或言關東道士焦螟居內城總持勅勒之術頗有效公造廬而請之道士朱書符使歸粘壁上狐竟不懼拋擲猶加焉公復告道士道士怒親詣公家築壇作法俄見一巨狐伏壇下家人受虐已久銜恨綦深一婢近擊之婢忽仆地氣絕道士曰此物猖獗我尚不能遽服之女子何輕犯爾爾既而曰可借鞫狐詞亦得戟指咒移時

婢忽起長跪道士詰其里居婢作狐言我西域産入都者一十八輩道士曰輦轂下何容爾輩久居可速去狐不荅道士擊案怒曰汝欲梗吾令耶再若遷延法不汝宥狐乃恐怖作色願謹奉教道士又速之婢又仆絶良久始甦俄見白塊滚滚如毬附簷際而行次第追逐頃刻俱去由是遂安

宅妖

長山李翁大司寇之姪也宅多妖異嘗見廈有春櫈肉紅色甚修潤李故以無此物近撫按之隨手而曲殆如肉耎駭而卻走旋回視則四足移動漸入壁中又見壁

倚白梃潔澤修長近扶之膩然而倒委蛇入壁移時始沒康熙十七年王生俊升設帳其家日暮燈火初張生著履臥榻上忽見小人長三寸許自外入畧一盤旋即復去少頃荷二小櫈設堂中宛如小兒輩用粱䕸心所製者又頃之二小人舁一棺入僅長四寸許停置櫈上安厝未已一女子率厮婢數人來率細小如前狀女子衰衣麻綆束腰際布裹首以袖掩口嚶嚶而哭聲類巨蠅生睥睨良久毛森立如霜被於體因大呼遽走顛牀

下搖戰莫能起館中人聞聲畢集堂中人物杳然矣

靈官

朝天觀道士某喜吐納之術有翁假寓觀中適同所好遂爲元友居數年每至郊祭日輒先旬日而去郊後乃返道士疑而問之翁曰我兩人莫逆可以實告我狐也郊期至則清穢我無所容故行遯耳又一年及期而去久不復返疑之一日忽至因問其故荅曰我幾不復見子矣曩欲遠避心頗怠視陰溝甚隱遂潛伏卷甕下不意靈官糞除至此瞥爲所睹憤欲加鞭余懼而逃靈官

追逐甚急至黃河上瀕將及矣大窘無計竄伏溷中神惡其穢始返身去旣出臭惡沾染不可復遊人世乃投水自濯訖又蟄隱穴中幾百日垢濁始淨今來相别兼以致囑君亦宜引身他去大刼將來此非福地也言已辭去道士依言別徙未幾而有甲申之變

聊齋志異卷十五終